旦暮

三田きえ子

東京四季出版

序

上田五千石

著者にはすでに『嬬恋』（つまごひ）、『萌葱』（もえぎ）の二句集があり、『自註三田きえ子集』という自句自解の一書がある。

いうまでもなく、わが「畦」の代表作家であり、現代女流の一人として誰もが認めるところであるが、著者は常に、いまに安住するところなく、明日への挑戦を志す人である。

その一つが昨年の第九回俳句研究賞の受賞となって結実した。

日のいろのきのふにかはる都鳥
葱の香のすくりと寒の戻りかな
ぬかるみをいくたび跳ねて春祭
しなやかな数歩それより恋の猫
虎杖は花をいそがぬ師の忌かな
ふるさとの藜も杖となるころか
茎漬やゆふべはとがる山の肩

五十句応募ということの力行にいく年いどみつづけたことであったか。
賞が欲しい、ということよりも、それを目指すという目途を持つことで、安きに流れ、自らを甘やかす句作りを拒否しようとする潔癖さが、これにいどみてやまなかった真意である。

そのたびに、常に最終選考の数編の中に選ばれ、そこで厳しい選考委員の評言を浴びるのであったが、この辛口批評によく耐えて、また次の句作に生かすバネとしたのは、身贔屓になるが、さすがなものと感心させられた。

きえ子俳句には昔から変りない一筋のものがなしさがあるが、それを齢深まる思念のさびを以って変化し、変色し、凝固して、いまや一種の独特のアマルガムを生みだすにいたっているように私には思われる。

遠い二つの物を関係づけるという俳句の本質である「取合せ」に

真底から努めて、今日より明日に新しい発見をと意欲するところに詩の古びはない。
そして齢の老いはない。
きえ子俳句の明日を明後日を私は刮目して待つものである。

平成七年　半夏

目次

逍遥

昭和六十二年

松風におくれて花の風かよふ
山吹やくぼみて水のたなごころ
天心にかかりし雁のわかれかな
どこに眼をやりても風の花楓

水煙をしのぐものなし木の芽晴

山寺に紐解く蝌蚪のことなれど

永日や函の中よりひよこ菓子

人中をぶつかりあるく万愚節

千国街道　二句

つばくろの五月せはしき塩の道

雨かざり山に雨くる桑いちご

暮し向き変はるはずなき衣更ふ

日の暮れてしばらく経ちぬ青簾

存分に汗して生身うたがはず

白昼の家しんかんと飯饐える

雲涼し山寺のその奥の院

山形　二句

山々は雨雲かもす紅の花

檜枝岐村

留ものに蠟やをんなや萩の花

鎌を研ぐひとに十六ささげかな

川波のをりをりたかむ唐辛子

朽舟の夜床にいそぐ磯鴫や

伊良湖

鯉さとくゐる霜月の潮音寺
逍遥の橋にとどまる時雨かな
雪ぐれや赤子のごとき鯉の口
潮かけて日輪わたる結氷期

隣人

昭和六十三年

振りかへること犬もして二月寒

料峭や織りむらはしる白つむぎ

対なれば音もうららにかかり滝

鯉の背に春日寒くおよびけり

すんなりと午前のをはる桜草

器量よき仔猫の順に名をもらふ

遠く来て丹後の口の青き踏む

松は花仕立てて並木なせりけり

バードウイーク青空の陶器市

一石に水の別るる夏わらび

たばねたきほどの髪なし夕蛍

夜は秋の隣人といふ遠きもの

しげしげと霧かよひくる太宰の碑　三ツ峠

雲右往左往のお山仕舞ひかな

修那羅　四句

帚木の尺のもみぢも信濃かな

木の実降る音のさ中の和合仏

したたかな雨に秋づく癪の神

隠れ湯へ小板しなはせ虫の秋

音寒く箸割る木曾のすんき蕎麦

しぐるるや餡にまつたき餡のいろ

湯の山温泉

蒼滝のしんじつ蒼き神むかへ

笹鳴やすぐとひらかぬ恋みくじ

閑談

平成元年

山の子の応へすげなし初蕨

牛の瞳の十に会ひたる春霞

閑談の視野にしばらく春の蝶

白粥に春のかたみの箸つかふ

肩越しに海鳴りとどく鮑飯

をとこ物着たる筍流しかな

杉山の杉に雨降るおくり盆

鳶啼いて雨雲はらふ処暑の湾

白川郷　二句

真向かひの山に霧ふる里祭

鐘楼も屋根も合掌雁わたし

うつばりに夜のきてゐる濁り酒

水替へてゐる雁の夜の水まくら

描かれて影いつはらぬ秋果かな

あらためて聞けば新たな虫の声

犬しげく啼きたる夜の燻り炭

亡き母の握り鋏も炉辺のもの

つかの間の霙もよひと言ふべしや

愛憎のますます素なりかぶら汁

山色のそなはる納め大師かな

切株のひとつひとつに雪降りをり

繃帯を替へしばかりに日脚のぶ
春を待つ家のかたちの人形焼

家居

平成二年

うす味をふだんの味に水温む

起居など声かけゐれば山笑ふ

忘れたるころに日の差す雪間草

あたたかや草分けといふ黄粉飴

雪山の屹とありけり卒業歌

矮鶏飼ふてゐる竹秋の校舎裏

夕日いま木々の高さに仏生会

法灯のほかはおぼろの山家の灯

歯応へのなきもの嚙みて法然忌
ぼうたんの翳れば二日月もまた
大事より些事とどこほる柿の花
旅立ちの雨となりけり茄子の花

名水のほとり玉巻く芭蕉かな

ふもとより山の夕づく洗ひ鯉

亡き母を語るもまれに花魁草

山あれば川ある祭ばやしかな

盆すぎの笊にかわきて川の魚

話さねば話してくれぬ鳳仙花

数珠玉を数ふ詮なき日なりけり

飼はれたるごとくひと間の鉦叩

二の橋をわたりてよりの秋思かな

ステーションギャラリーを出て雨の月

山国の冬のはじめの一位垣

夕雲のたむろを解かず牡丹鍋

京都

足袋を干す庵に小さき投句函

山茶花の一輪づつの日和かな

山ばかり見て日の暮るる桃青忌

笹鳴や病者をつれの遊歩みち

袋負ふかたちにとほき枯野人

日は雲のまぶたを出でぬ帰り花

鮟鱇のおのれ案ずる貌にあふ

冬籠りともやしなひの家居とも

月あはくあげて大雪吊の松
病にも名を得て年の別れかな

雨水

平成三年

大鯉の鰭のふれあふ初大師

くるくると鳩啼く残り戎かな

山気濃く雨気をかもせり梅の花

桃咲いて物入り多き日なりけり

明るくて空の夕づく雨水かな

一煎を待つや余寒の砂時計

日おもてとなりたる花の祠かな

気がついてみればひとりや春の雪

柳色の新たなるけふ卒業す

通りまで水捨てに出る朧かな

糸滝の音いろゆゆしき夏隣

茫々の梅雨のなかなる微笑仏

昼顔の昼やからすのこゑ片々

足許の暗渠とよもす芙美子の忌

炎天に出てほきほきと骨鳴らす

水打てば日輪はたと退さりけり

熱きもの飲み炎帝に与せざる
雨去りて山垣円む合歓の花
降りしらみつつ八月のくぬぎ原
いくたびも湯を滾らせて終戦日

一礼の二拍子に絶つ秋暑かな

呼ばれたるごとくに小鳥また小鳥

訪ねたきひとをたづねる草の花

焼栗を剝きて恙をおなじうす

径々や邪鬼のごとくに踏まれ栗
山にゐて山恋ふ美男かづらかな
何せむと昼を灯ともす雁の秋
初嵐顔をひらたくひとに逢ふ

てのひらにありて秋めく花扇

月まつる澄みて琥珀の薬用酒

日暮まで火食つつしむ三十三才

後ろよりこゑかけられて日短か

はるかより拝すしぐれの樹胎仏

冬麗や朽木にくくる道しるべ

蕪洗ふいで湯すなはちたつき水

湯の神の留守も出湯の滾々と

灯さずの一戸ありけり忘れ花

申し訳ほどの間仕切りふぐと汁

おくやまに雨来たるらし冬紅葉

かぞへ日のひと日を雨の寺詣

大虚子の墓に寒九のかたつむり
雲ひくき日や梅さぐる谷戸の奥

藍青

平成四年

白すみれ紫すみれ喪明け未だ
川の面を夜の離りゆく初ざくら
うららかやひさぎて鶏の飴細工
藍青の海のふくらむ種おろし

下萌ゆる神の庭経てひとの庭

土嚙ませゐたる彼岸の忘れ鍬

鶏啼いて一番寺に芽ぐむもの

淡路島　六句

きりもなく日が降る島の金盞花

一戒をさづかるわれも花遍路

貝笛に瀬戸の花冷いたりけり

そこまでの用も舟にて瀬戸麗

ながき日の凪に散じて釣屋形

野茨やなつきて小さき牧の犬

乳牛の乳房たぷたぷ夏来たる

梅雨きざす鳴きて波郷の雀どち

妙久寺

家深く応へありけり薔薇の昼

風鈴工房

夏めくやガラスの竿の火の雫

江戸風鈴つくる金壷まなこかな

ゆつくりと潮の目かはる洗鯛

雷鳴の近づく膝をそろへけり

敗戦の日や草がちの花時計

岬端にいさり火の明盆仕舞

蝦漁のにぎはひに秋時雨かな

坂鳥や潮にいたみてもやひ綱

自らに仕ふ明け暮れすいと来ぬ
狂ふひとに狂ふしあはせ秋桜
もののふの墓や紅葉の蔦屏風
七百のよはひの松の冷まじや

地階より物炊くにほひ冬むかふ

そのかみの木場を語らふ夕焚火

しぐるるやひたぶるに黒能登瓦

奥能登 二句

使はずの舟屋一戸も冬の景

三日月の小爪いきいき寒の入

見ごろとも否とも寒の日の牡丹

一穢

平成五年

春暁やこゑのはじめに庭の鶫

ふくいくと梅の十郎五郎かな

京は北の杉生の里のわらび餅

花にあひ花にわかるる西行忌

白がちに葺きたる雨の花御堂

さざなみの向きまた変はる松の花

くつぬぎに夕日おとなふ大石忌

水の辺にあれば旅めく初ざくら

日のゆれてをり海棠の揺れてをり
木いちごの花や夜に入る沢の音
潮かげりつつ花の山花の谷
夕景のいつか夜の景白魚汲む

金言のごとく新茶のひとしづく

一穢なき空よりからすうりの花

在五忌の月影闌けてゐたりけり

みづうみの晴れうたがはず蝸牛

大仏の背山もつともしたたれり

存外の雨よぶからす柄杓かな

すこしづつ時計のくるふ凌霄花

梅干して寄辺少くなりしかな

羅にことばつつしむ日なりけり

騙されてゐるやも知れぬ髪洗ふ

踏石のほどよく濡れて虫かがり

草々にしづみて土用すずめかな

岩はしる潮の小ごゑも秋隣

ひとりには深きに過ぎて盆の空

山坂を雨のさきだつ素秋かな

せがまれて川に子と来る草の花

亡き母をすこしうらやむ星祭

水澄みてふるさとの道違へけり

涼あらた紅一点といふことも

山川の音のすさびも雁のころ

山雲の下りくる牧を閉ざしけり
露分けて数歩をかへす沼空忌
まるく寝て夢に母くる虫月夜
虫絶えて月明いたるひとところ

こゑありてそのひとありぬ居待月

ほとけ見て塔見て秋のわかれかな

挨拶のおのづから朝寒きこと

冬萌やをとこもまゐる百度石

肩掛をすればひと待つ思ひあり
死を語りゐる曖昧な寒さにて
菜食のつねになれゆく寒四郎
やまなみに夕色はしる浮寝鳥

頬かむり解きて根からの渡し守

厚着して船酔ひすこし残りけり

日のいろのきのふにかはる都鳥

水餅の水のけぶらふ母郷かな

片割れの月をともなひ年あゆむ

晩年や殻むらさきに寒しじみ

長汀

平成六年

一月や暁くる方より松のこゑ

たまゆらの日の顔拝す初手水

二日はや雪のけはひの翌檜

青竹のそろひの酒器の淑気かな

松明けのにはかに鳩羽いろの空

葱の香のすくりと寒の戻りかな

草の根に日のゆきわたる建国日

梅さむし雲さむしとて父母の山

どこまでも空かたかごの花の空

ぬかるみをいくたび跳ねて春祭

しなやかな数歩それより恋の猫

たかむらに雪の残れる雛まつり

春耕やこゑを失くして湖の鳶

しばらくは長汀にそふ帰雁かな

かりがねのゆきて夕日の中の家

一夕の豆腐づくしに傘雨の忌

雨粒をとどめて桜実となれり

失名のはがきうけとる愛鳥日

をんどりの反目ながき薄暑かな

手をそれて雨のてんてん繍毬花

晶子忌の旅のつば広帽子かな

鷺佇てる方へ植田の波そろふ

草川にさかなみたてる半夏かな

山中のひと日に老ける夏よもぎ

虎杖は花をいそがぬ師の忌かな

ゆるやかに夕波たたむ栗の花

雲絶ゆるなし菎蒻の花の村

菎蒻の神の杜なる微涼かな

ふるさとの藜も杖となるころか

上流の風下ろしくる夜釣かな

あかときの足湯さみしも時鳥

水枷のつくづく蓮の浮葉かな

人とゐる涼しさに水昏れにけり

屋根の端にすずめ吹かるる盆休

松の梢まきの梢秋立ちにけり

柏木のひろ葉の照りも休暇明

想思樹のためにも水の澄む日かな

ものをはむひとりの音も秋土用

山のものの提げて蛇笏の忌なりけり

種を採る夕星ひとつふたつかな

親展の封切る冬の立つ日なり

冬めくや貝殻骨を負ふことも

茎漬けやゆふべはとがる山の肩

湯気立ててをさなの一重瞼かな

榛の木に雲の吹かるる翁の忌

うらがへる波の夕日の浮寝鳥

笹鳴やうらぐちのすぐ山の口

さびさびと点る晶子の歌屛風

枯菊をほとほと焚きて病家族
野暮用と言ひて目深かに冬帽子
ひとすぢの道の枯ひき曳売女
影おとすもののなき水の冬深む

髪枯るるべし木がらしの夜を寝ねず
ひと悼みをりひともじを削ぎてをり

呉竹

平成七年

松過ぎの雀の日向ありにけり

さながらに湖の碧さの初湯かな

四つ足の往き来のあとも春めけり

梅しろしししろし建国記念の日

ひと言にひと言かへる余寒かな

新しき箒目にはや芽ぐむもの

さるほどに呉竹そよぐ光悦忌

水差して深井を醒ます入彼岸

まなぶたを閉づるも弥生寒きかな

春愁や十とせを経たる十団子

蕨摘むそびらに母のごとき山

天狼のひかり鋭くなる焼野かな

まんさくやまだ日の高き山上湖

山越えを明日に見おくる二輪草

父祖の地の春筍なれば匂ひけり

外郎のうひうひしきも花のころ

おぼろ夜の而して伊勢物語かな

半寿まで白寿までもとさくら餅

山吹やおこたりならぬ仏ごと

遅くまで湯屋の灯ともる春の雪

ふるさとに日がへりの用水温む

ひとむかし前のこと言ふ万愚節

芳しき日にしたがひて青き踏む

剪定の済みてしばらく鳶の空

水のみちたどる八十八夜かな
うすものや秘してくがねの念持仏

あとがきⅠ

『日暮』には、『嬬恋』『萌葱』以後八年余りの作品を収録いたしました。

かつての闘病生活のあれこれをふりかえってみますと、還暦をすぎたいまもこうして恙なく生きていることが何とも不思議でなりません。むしろ生かされているのかも知れないという思いの中で、あさゆうの自分自身を見つめながら、より深いものを目指すことが出来れば……とねがっております。

上田五千石先生には、大へんご多忙の中を序文・帯文を賜り、身に余る幸せと心より感謝申し上げております。
またこの「俳句研究」句集シリーズに加えて下さいました富士見書房、ならびに赤塚才市様に厚くお礼を申し上げます。

三田きえ子

平成七年四月

あとがきⅡ

平成七年に第三句集『日暮』を刊行、それから十五年の歳月が流れました。

この間には、五千石師の急逝・「畦」の終刊、つづいて「鼎」の創刊、一年後にはふたたび鼎三師の死去に会うなどまるで運命に翻弄されているような思いがいたしました。この悲しみの去らぬうち「萌」の創刊、主宰となり、俳壇の仲間入りを果たすことができました。

そして、このたび思ひもかけず文庫本で『旦暮』の再版が成りこの上ない喜びです。
これも偏に東京四季出版のお力添えがあればこそと心より感謝申し上げます。

平成二十二年　雪解月

三田きえ子

略年譜

昭和六年九月二九日　茨城県結城市に生まれる
昭和四三年　秋元不死男主宰「氷海」入会
昭和四九年　氷海賞受賞　同人となる
昭和五〇年　俳人協会会員　上田五千石主宰「畦」入会
平成　六年　俳句研究賞受賞
平成一二年　主宰誌「萌」創刊
句集は『嬬恋』（昭52）から『結び松』（平19）まで六冊

俳句四季文庫

日　暮

2010年 4 月20日発行
著　者　三田きえ子
発行人　松 尾 正 光
発行所　株式会社東京四季出版
〒160-0001 東京都新宿区片町 1-1-402
TEL 03-3358-5860
FAX 03-3358-5862
印刷所　あおい工房
定　価　1000円（本体952円＋税）

ISBN978－4－8129－0628－6